leicht
Lektüren für Jugendliche

Einmal Freunde, immer Freunde

von Paul Rusch

Ernst Klett Sprachen

Stuttgart

von Paul Rusch

Redaktion: Annerose Bergmann
Zeichnungen: Anette Kannenberg
Layout und Satz: Kommunikation + Design Andrea Pfeifer, München
Umschlag: Bettina Lindenberg

Quellen:
S. 39: helgro – pixelio.de; S. 47: Markt Garmisch-Partenkirchen

Audio-CD:
Sprecher und Sprecherinnen: Anton Leiß-Huber, Vincent Buccarello, Mario Geiß, Benedikt Halbritter, Benno Kilimann, Jenny Perryman, Talia Perryman, Carolin Seibold, Kathrin-Anna Stahl
Regie und Postproduktion: Christoph Tampe
Studio: Plan 1, München

www.klett-sprachen.de

1. Auflage 1 ¹⁰ ⁹ ⁸ | 2021 20 19 18

© Ernst Klett Sprachen GmbH, Stuttgart, 2017
Erstausgabe erschienen 2013 bei Klett-Langenscheidt GmbH, München

Druck und Bindung: Medienhaus Plump GmbH, Rheinbreitbach

ISBN 978-3-12-605113-2

INHALT

DIE FREUNDE

Nadja, Pia, Kolja, Paul und Anton
gehen in die Schule in Glücksdorf.
Sie sind in der gleichen Klasse.
Frau Müller ist die Klassenlehrerin.
Sie machen eine Klassenfahrt.

Pia interessiert sich
für alles. Und sie hat
einen Hund, Plato.
Plato darf nicht mit
auf die Klassenfahrt.

Kolja kann gut Dinge
reparieren und er mag
Sport.

Nadja ist die beste Freundin
von Pia. Und sie hat einen
Freund: Robbie. Aber der ist
in einer anderen Klasse.

4

Paul hat Probleme in der Schule, aber Pia hilft ihm oft. Er spielt Fußball beim SV Rasentreter.

Anton hat nur ein Hobby: Zaubertricks.

Robbie ist Nadjas Freund und ein bisschen älter. Er liebt Musik, spielt Gitarre und hat eine Band, die ‚Wild Guitars'.

1

Neues aus dem Klassenforum

Ende Oktober, das Wetter ist schlecht. Es ist kalt. In der Schule gibt es viele Prüfungen. Noch zwei Monate bis Weihnachten. Dann sind endlich wieder Ferien, zwei Wochen lang. Und bis dahin: Schule, Schule, Schule!

Pia ist zu Hause und lernt Mathe. Morgen hat die Klasse eine Prüfung. Sie sieht kurz ins Klassenforum. Was ist das?

Helga Müller 23. Oktober, 13:28 Uhr
Liebe Schülerinnen und Schüler aus der 8. Klasse!
Wir machen im Frühling eine Klassenfahrt. Fünf Tage, Ende März. Aber wohin?
Nach Hamburg, Dresden oder Wien?
An den Bodensee oder an die Ostsee?
Oder in die Alpen (Garmisch)?
Was denkt ihr? Wir müssen es bald wissen. Dann kann ich die Klassenfahrt planen.
Ich freue[1] mich schon,
Helga Müller

„Yippie, das ist super!" Pia antwortet sofort.

PlAto 23. Oktober, 13:57 Uhr
Klassenfahrt, au ja! Und Wien ist eine super Idee.
Da kann man so viel sehen: <u>Schloss Schönbrunn</u>, die <u>Ringstraße</u>, die <u>Hofburg</u>. Und es gibt den <u>Prater</u>. Seht euch die Links an.
Ist das nicht toll? Ich möchte so gern nach Wien fahren.

---

1 sich freuen:

6

Pia macht ihre Hausaufgaben und lernt. Die Mathe-Prüfung ist sicher sehr schwer. Sie sieht auch zwei, drei Mal ins Forum. „Was ist denn los?", denkt Pia. „Warum schreibt niemand?"

„Düddeldü." Das Handy klingelt, eine SMS von Paul.

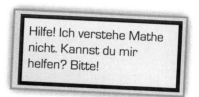

Hilfe! Ich verstehe Mathe nicht. Kannst du mir helfen? Bitte!

Eine Stunde später ist Paul bei Pia. Sie lernen bis zum Abend, dann muss Paul zur S-Bahn gehen.

- Sieh mal da, Paul, im Klassenforum!
- Was gibt's? Wer schreibt?
- Lies doch!

Paul liest die Nachricht von Frau Müller.
- Eine Klassenfahrt? Das ist ja cool. Aber leider erst Ende März.
- Wien ist doch super! Du möchtest doch auch nach Wien, stimmt's?
- Ja, Wien ist nicht schlecht. Oder vielleicht in die Alpen ... Ich weiß nicht. An der Ostsee ist es auch schön. Ich muss jetzt gehen, die S-Bahn! Und vielen Dank.
- Kein Problem! Bis morgen.

„Paul geht's nicht gut", denkt Pia, „er freut sich gar nicht. Aber klar, er hat Probleme in Mathe."

„Wuff, wuff!" Plato will raus. Pia geht mit ihm spazieren.

2

Wo ist Kolja?

Am Samstag letztes Spiel.
Seid bitte alle pünktlich
um 14:30 am Fußballplatz.
LG euer Trainer

Es ist schon 14:45 Uhr.

„Wo ist Kolja?", fragt der Trainer. „Kommt er zum Spiel?"

Paul weiß es nicht. Er ruft Kolja an, aber Kolja antwortet nicht.

„Komisch[2]", denkt Paul.

---

2 komisch: anders, nicht wie immer

Sam hat eine Idee. „Ich rufe Kolja an. Meine Nummer kennt er nicht. Gib mir seine Nummer, Paul."
„Null fünf sieben drei, achtundzwanzig zweiundvierzig siebzehn."
Sam wählt die Nummer.

⬤ Kolja.
○ Hi, hier ist Sam. Wo bist du?
⬤ Äh, ähm, zu Hause. Warum?
○ Du weißt doch, wir haben heute ein Spiel.
⬤ Äh, ähm, ja, aber … es geht mir nicht gut. Ich kann nicht, es geht nicht.
○ Wir brauchen dich. Komm schnell. Das Spiel fängt gleich an und wir haben nicht genug Spieler.
⬤ Das geht nicht.

Das Spiel ist aus. Wieder kein Sieg[3] für den SV Rasentreter. Paul ist enttäuscht[4], die anderen Spieler auch.

„Jungs, Mädels, Kopf hoch[5]", sagt der Trainer. „Das war schon okay. Aber wir hatten einen Spieler zu wenig. Da kann man nicht gewinnen. Schade."

Paul fährt mit dem Fahrrad nach Hause.
„Ich fahre noch schnell bei Kolja vorbei", denkt er.
Er klingelt. Denis, der kleine Bruder von Kolja, macht die Tür auf.

⬤ Oh, hi Denis. Ist Kolja da?
○ Nein, der ist auf dem Sportplatz.

---

3 der Sieg: Das Team gewinnt.
4 enttäuscht: ein bisschen traurig
5 Kopf hoch!: Seid nicht traurig!

● Bist du sicher?

○ Ja, er spielt Volleyball. Das weiß ich doch. Er spielt seit den Sommerferien fast jeden Tag. Fußball mag er nicht mehr, sagt er.

● Ja, dann … Ich sehe ihn ja am Montag in der Schule. Tschüss.

○ Tschö.

Jetzt ist Paul nicht nur enttäuscht. Er ist sauer, richtig sauer. „Wieso lügt[6] Kolja? Ich muss mit ihm sprechen", denkt er. „Und ich warte nicht bis Montag!"

Am Abend sitzt Paul vor dem Computer und chattet mit Kolja.

20.58	Paul	Wie war das Spiel?
20.59	Kolja	Warum fragst du? Ich war ja nicht da, das weißt du doch. Mir geht es nicht gut.
21.00	Paul	Ich spreche nicht von Fußball. Wie war das VOLLEYBALLspiel???
21.02	Kolja	Häh? Was für ein Volleyballspiel? Wer? Wo?
21.08	Paul	Wir haben ein Spiel, du bist nicht da. Ich rufe dich an. Nichts. Sam ruft dich an. Du sagst: „Mir geht es nicht gut, ich kann nicht spielen." Dir geht es sehr gut, du spielst Volleyball. Was soll das?
21.12	Kolja	Na gut, ich war auf dem Volleyballplatz. Ein Spiel mit Freunden.
21.14	Paul	Sind wir keine Freunde? Gute Nacht!
21.15	Kolja	Natürlich bist du auch ein Freund. Aber du musst verstehen, …

---

6 lügen: etwas sagen, was nicht wahr ist

Paul liest das nicht mehr. Er ist schon offline.

3

Das Hammer-Konzert!

6

„Hey, cool! Hast du das gesehen?"
Kolja zeigt auf ein Plakat.
„Was, wo?", fragt Robbie.
„Da, lies doch!"

⬤ Wer ist denn das? Den kennt
doch kein Mensch. Und die
Band? Neun Meilen? Die sind
sicher so schlecht wie ihr Name.
Nee, Alter[7], das ist nichts für
mich. Frag doch Paul. Der geht
sicher gern mit zum Konzert.
○ Wie? Ich geh doch nicht mit
Paul zu einem Konzert. Der ist
so blöd. Und hat keine Ahnung von Musik!
⬤ Ach so?
○ Ja, so ist das. Und du musst auch nicht mitkommen. Aber
du kannst ja mal ein paar Songs anhören. Willst du sie auf
deinem Handy haben?
⬤ Mhm, ja, ich kann sie ja wieder löschen[8].
○ Die löschst du nie mehr! Da bin ich sicher.

Die Musik ist nicht schlecht. Und Robbie geht gern auf Konzerte.
Er zeigt Nadja das Plakat, aber sie will nicht mitkommen.

---

7 Alter: *eigentlich:* alter Mann, *hier:* Anrede für Jungen
8 löschen: vom Player oder Computer wegmachen

„Wäh, der Typ sieht so schmutzig[9] aus. Und die Haare, oh my God! Den mag ich nicht."

Aber das Konzert. Ein Hammer[10]! So gut. Die Musik mit ihrem Rhythmus. Und die Texte. Hammer! Robbie mag die Songs, er mag die Musik.

Das ist meine Musik. I'm a Reggae-man.

Das Konzert geht Robbie nicht aus dem Kopf. Er hört nur noch Reggae-Musik, er spielt die Songs auf seiner Gitarre. Nur Reggae ist jetzt für ihn wichtig. Robbie vergisst – fast – alles andere.

Ein paar Wochen später trifft Kolja Robbie auf dem Weg von der Schule.

○ Hey Robbie, wie geht's? Du, ich muss dich etwas fragen. Wir machen ein Fest im Jugendzentrum. Spielst du mit deiner Band?

○ Ich habe keine Band mehr. Die ‚Wild Guitars' waren doch Kinderkram[11]. Ich mache jetzt Musik. Richtige Musik!

---

9   etwas ist schmutzig: man muss es waschen
10 Ein Hammer!: spitze, super, einfach toll
11 der Kinderkram: das war dumm, ist vorbei

● Ach komm, Robbie. Es ist eine Party. Und du spielst für uns, für deine Freunde.
○ Vielleicht. Ich muss überlegen[12].
● Mach das. Ihr könnt doch nicht einfach so aufhören[13]. Eine Party zum Schluss muss schon sein. Ich rufe dich morgen an.
○ Das kannst du gern probieren. Viel Glück!

Robbie grinst[14]. Kolja weiß nicht, warum.

---

12 überlegen: denken
13 aufhören: stoppen, etwas nicht mehr machen

14 grinsen:

4

Kino mit Nadja

○ Robbie, was ist los? Du bist so komisch. Nie hast du Zeit für
mich.
○ Die Musik, Nadja! Ich muss diese Musik verstehen. Und ich
muss sie auch spielen! Ich übe und übe.
○ Robbie, ich finde das schrecklich[15]. Ich mag Reggae nicht.
○ Weißt du was? Wir gehen morgen ins Kino! Und vorher
kochen wir! Du kommst vor dem Film zu mir.
○ Ja, das machen wir. Was kommt denn im Kino?
○ Marley.
○ Kenne ich nicht.
○ Macht nichts. Eine Überraschung.

Endlich wieder mal Kino mit Robbie.
Nadja macht sich schön und schminkt
sich.

Robbie kocht Lasagne und Salat. Es
schmeckt … naja!
Aber Robbie hat heute Zeit – nur für
Nadja.
„Es ist so wie früher", denkt sie. Und
sie ist – fast – glücklich.

---

15 schrecklich: gar nicht gut

die Klamotten

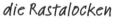

- Komm, Nadja, wir gehen. Es ist Zeit.
- Aber Robbie, so kannst du doch nicht ins Kino gehen!!!
- Warum denn nicht?
- Die Jeans ist schmutzig. Und das T-Shirt ist ja wirklich nicht schön. Nimm ein anderes, bitte.
- Das ist doch egal[16]. Klamotten sind nicht wichtig. Gefalle ich dir nicht?
- Du schon. Aber deine Klamotten nicht!

Robbie möchte nicht streiten[17]. Er zieht ein anderes T-Shirt an.
- Und, ist das besser?
- Nicht wirklich. Du hast doch …
- Nadja, komm, wir müssen gehen.

Nadja findet den Film komisch. „Bob Marley war doch verrückt", denkt sie. „Robbie ist auch so komisch. Immer nur Reggae, Reggae, Reggae."

die Rastalocken

Robbie kämmt[18] seine Haare schon lange nicht mehr. Er will Rastalocken haben. Nadja weiß jetzt, warum.

---

16 egal sein: nicht wichtig sein
17 streiten: nicht einverstanden sein, den anderen blöd finden

18 sich kämmen:

Nach dem Film bringt Robbie Nadja nach Hause.

Zu Hause ist Nadja traurig. Sie schreibt in ihr Tagebuch.

Was ist los?
Ich liebe Robbie, er weiß das. Aber er ist nicht mehr mein Robbie: seine Musik, seine Klamotten, seine Haare. Alles ist anders. Er hat auch kein Handy mehr. Will er keine SMS mehr von mir bekommen?
Robbie liebt mich immer noch, glaube ich, aber er ist so komisch.
Meine Klamotten sind zu schön und zu modisch, meine Fingernägel zu lila, meine Lippen zu rot, meine Stiefel zu modern.
Und warum ist das so?
Reggae! – So ein Mist!
Reggae – ich hasse dich!!!!!

der Fingernagel

die Lippen

der Stiefel

5

Die beste Freundin

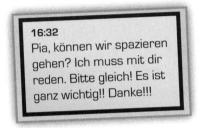

16:32
Pia, können wir spazieren gehen? Ich muss mit dir reden. Bitte gleich! Es ist ganz wichtig!! Danke!!!

„Wie bitte?", denkt Pia. Klar, Nadja ist schon sehr lange ihre Freundin. Aber im letzten Jahr hatte Nadja fast nie Zeit, kein Spazierengehen mit Plato, kein Kino, kein Chillen[19], kein Kochen. „Was will Nadja?", denkt sie. „Die kann jetzt auch mal lange, lange warten."
Aber fünf Minuten später ruft Pia doch an. Nadja ist und bleibt ihre Freundin, ihre beste Freundin.

Sie treffen sich im Park. Pia nimmt Plato mit.

---

19 chillen: nichts tun

- Was ist los, Nadja?
- Ach, es ist Robbie. Es ist einfach schrecklich. Er ist so komisch. Er hört immer nur Reggae, sieht doof aus, die Klamotten, die Haare ... Und ich mache immer alles falsch. Ich liebe Robbie, aber wir streiten immer. Das ist doch verrückt.
- Was machst du denn falsch?
- Alles, einfach alles. Meine Klamotten sind zu modern. Und ich schminke mich zu viel. Und meine Ohrringe gefallen ihm auch nicht mehr. Modetussi[20] hat er gesagt. Wirklich! Zu mir!

Pia lächelt heimlich[21]. Da kann sie Robbie ein bisschen verstehen.
- Und was sagst du?
- Sieh Robbie doch an! Das geht nicht, das geht gar nicht! Die Haare … er sagt, das sind Rastalocken und die sind gut. Wie sieht das aus? Und jetzt hat er auch kein Handy mehr. ‚Ich brauche diesen Quatsch nicht', sagt er. Das ist doch verrückt. Wo lebt er denn? Hinter dem Mond[22]?
- Dann mach' doch Schluss mit Robbie.
- Nein!!! Das geht doch nicht. Ich mag Robbie doch so gern. Ich liebe ihn.

Sie gehen weiter, aber sie reden nicht mehr viel.
Später ist Pia wieder zu Hause. Sie liest ein Buch über Wien – für die Klassenfahrt im Frühling.

> **18:52**
> Danke, Pia, das war gut.
> Robbie kommt gleich. Ich
> bin so froh!

---

20 die Modetussi, die Tussi: Mädchen oder Frau, ein bisschen blöd
21 heimlich lächeln: ein bisschen lachen, aber niemand sieht es
22 hinter dem Mond leben: in einer anderen Zeit leben, nicht modern sein

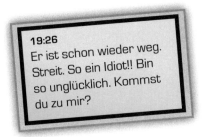

19:26
Er ist schon wieder weg.
Streit. So ein Idiot!! Bin
so unglücklich. Kommst
du zu mir?

„Oh Mann", denkt Pia. „Das war ja so klar! Sie hat ein Problem und dann braucht sie mich. Ich schreibe Nadja später."

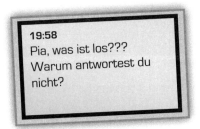

19:58
Pia, was ist los???
Warum antwortest du
nicht?

„Pia. Wo bist du?" Pias Mutter ruft.
„Im Bad! Was gibt's?"
„Nadja ist am Telefon."
„Sag ihr, ich rufe zurück."

Nach dem Bad ist Pia müde.
Sie vergisst den Anruf und schläft gleich ein.

22:16
Und du bist meine
Freundin?!? Warum
rufst du nicht an oder
schreibst zurück?
Nadja ☹

12

6

Wohin geht die Klassenfahrt?

 PlAto 4. Dezember, 16:33 Uhr
Hallo Leute. Was ist jetzt mit unserer Klassenfahrt?
Schreibt doch auch mal. Kolja möchte an den
Bodensee. Und die anderen? Es ist so still im Forum.
Freut ihr euch nicht? Ich schon. Eine Woche weg von
der Schule!
Seht euch die Links von Wien an. Ist das nicht schön?

Im Klassenforum ist wirklich wenig los. Niemand schreibt. Erst
zwei Tage später kommt eine Antwort.

 PaulHawk 6. Dezember, 20:11 Uhr
Eine Woche ohne Mathe! Yeah!! Ich will Snowboard
fahren in Garmisch. Nur nicht an den Bodensee, da
kann man doch gar nichts machen. Wien ist auch okay,
aber snowboarden ist besser!

Ein paar Tage später kommt Frau Müller in die Klasse.

„Leute, die Klassenfahrt! Wohin fahren wir? Heute müssen wir uns entscheiden[23], denn ich muss die Reise planen. Ins Forum schreibt ihr ja leider nicht."

„Wir hatten keine Zeit, Frau Müller. Wir müssen sooooo viel lernen."

„Hah, aber für tausend SMS habt ihr schon Zeit und für eure Chats und E-Mails auch. Also, wir müssen uns heute entscheiden. Ich muss die Reise organisieren."

Alle Schüler bekommen ein Stück Papier und kreuzen ihren Wunsch an. Ein paar Schüler zählen. Frau Müller kontrolliert genau. „Und hier ist das Ergebnis." Kolja liest vor:

Hamburg ☐ 2	Dresden ☐ 2	Wien ☐ 6
Bodensee ☐ 1	Ostsee ☐ 4	Alpen (Garmisch) ☐ 6

Plötzlich ist es sehr laut in der Klasse. Alle reden auf einmal.

Ich will nicht fünf Tage lang durch die Stadt latschen[24].

Ski fahren, das ist cool!

Warum fahren wir nicht an die Ostsee?

In Wien kann man auch gut shoppen!

Museum und so, das ist doch doof.

Skifahren? Wer fährt schon Ski? Snowboard ist viel besser!

Wien?? Nie!

Ich war noch nie in Wien, da möchte ich hin.

Was kann man in den Alpen schon machen? Wie langweilig!

---

23 sich entscheiden: (den Ort für die Klassenfahrt) wählen
24 latschen: gehen, aber man ist müde, es macht keinen Spaß

Ruhe! Man versteht ja gar nichts!

Langsam wird es wieder ruhig in der Klasse.
„Wir stimmen noch mal ab", sagt Frau Müller.
„Nein, das geht nicht. Wir müssen das diskutieren. In der nächsten Deutschstunde haben wir doch auch noch Zeit."
Paul findet seine Idee super.
„Aber Paul, ihr hattet genug Zeit. Wir entscheiden das jetzt."

Zehn Minuten später ist es klar.
„Alpen, wir kommen!"

14

7

Endlich auf Klassenfahrt

15 Im Januar und Februar ist alles wie vor den Weihnachtsferien. Die Stimmung[25] ist oft schlecht, oft gibt es Streit in der Klasse. „Was ist nur los?", denkt Frau Müller. „Hoffentlich ist die Stimmung auf der Klassenfahrt besser."

Eine Woche vor der Abfahrt bringt Frau Müller das Programm mit in die Klasse.

Mo, 19.03.	10:30	Abfahrt von der Schule
	ca. 16:00	Ankunft im Ferienheim Schneekönig, Zimmer einteilen
	18:00	Abendessen
Di, 20.03.	ab 9:30	Programm Gruppe A Snowboardkurs Gruppe B Skikurs Gruppe C Wanderung im Schnee und fotografieren

Fr, 23.03.	8:00	Frühstück
	10:00	Abfahrt
	ca. 15:30	Ankunft an der Schule

Endlich ist es so weit. Der Bus fährt los.

Frau Müller nimmt das Mikrofon. „Leute, hört mal zu! Hier habe ich die Liste für die Zimmer. Wir haben Zimmer mit drei und vier Betten. Die Jungs bekommen die Zimmer im ersten Stock, die Mädchen die Zimmer im zweiten."

---

25 Die Stimmung ist schlecht: Die Schüler haben keinen Spaß.

Paul will mit Anton in ein Zimmer.

„Fragen wir noch Kolja?", fragt Anton.

● Nein, auf keinen Fall.

○ Warum nicht? Kolja ist doch dein Freund.

● War, Anton, war! Du kannst ja mit Kolja ins Zimmer, ich nicht.

○ Ach so, ja dann! Warum eigentlich?

● Das ist eine lange Geschichte.

○ Dann fragen wir doch …

Aber nicht nur Paul und Anton diskutieren. Doch die Fahrt ist lang und am Schluss haben alle ein Zimmer.

Endlich kann die Klasse aus dem Bus raus. *Ferienheim Schnee-könig* steht auf dem Haus. Aber wo ist der Schnee?

der Schnee

„Da oben sieht es super aus. Da fahren wir Snowboard." Paul zeigt hinauf in die Berge. „Und hier unten lernen die Anfänger[26] Skifahren."

„Ist das alles? So wenig Schnee?" Kolja will Skifahren lernen und er sieht nicht gerade glücklich aus.

„Für Anfänger wie dich ist das gut genug", sagt Paul und geht weg.

---

26 der Anfänger: eine Person kann etwas noch nicht, muss es erst lernen

„Pia, Pia!" Nadja ist sauer. „Mein Handy geht nicht! Ich kann nicht simsen. So ein Mist! Das kann doch nicht sein!"
Pia lacht ein bisschen und nimmt ihr Handy.

● Also, mein Handy ist in Ordnung. Du hast aber auch Pech[27]!
○ Was? Warum geht mein Handy nicht?
▨ Willst du Robbie eine SMS schreiben?

Kolja findet seinen Witz gut und lacht. Aber nur er.
„Du bist so blöd. Robbie hat kein Handy mehr, das weißt du doch genau. Und es gibt nicht nur Robbie auf der Welt …"
Nadja sieht Kolja sehr böse an.
Pia will ein bisschen nett sein.

● Hm, du kannst vielleicht ein paar SMS von meinem Handy schreiben. Ein paar!
○ Und du liest dann die Antworten? Oder wie?
● Hej, du musst mein Handy ja nicht nehmen.

Nach dem Abendessen erklärt ein Skilehrer das Programm für den nächsten Tag.
„Die Snowboarder und Skifahrer fahren um 9:30 Uhr auf den Berg."
„Die Anfänger auch?", fragt Kolja.
„Klar, alle!"
Kolja zischt[28] zu Paul: „Du hast ja keine Ahnung!"

„Und wo machen wir die Wanderung im Schnee?", möchte Anton wissen.
„Kannst du keinen Schnee zaubern?", ruft ein Schüler laut.
„Keine Angst", sagt der Skilehrer, „weiter oben ist genug Schnee."

---

27 Pech haben: kein Glück haben
28 zischen: leise, gar nicht freundlich sprechen

8

Dienstag, Mittwoch, Donnerstag

Schnee, Sonne und keine Schule! Besser geht es nicht. Oder doch?

„Will ich eigentlich Ski fahren?"

Kolja liegt immer im Schnee. Er hat keinen Spaß. Ihm ist kalt.

„Der erste Tag ist immer schwer", sagt die Skilehrerin. „Morgen geht es schon viel besser. Ganz sicher."

„Das lerne ich nie!", antwortet Kolja.

Pia geht es nicht besser mit ihrem Snowboard. Sie liegt auch immer im Schnee. Aber der Snowboardlehrer ist nett und gibt viele Tipps.

Paul fährt zu ihr, er kann schon richtig gut Snowboard fahren.

- Das war doch schon gut, Pia!
- ○ Nein, stimmt nicht. Ich kann das nicht.
- Noch nicht. Morgen geht es schon viel besser.
- ○ Morgen, morgen. Das sagst du doch nur. Nein, das lerne ich nie!
- Doch, doch! Das kannst du bald. Komm, weiter.
- ○ Warum sind wir nicht in Wien? Da ist Frühling, da ist es warm, und ich liege hier im Schnee und es ist kalt. Und warum? Das weißt du genau!
- Aber Pia ...

Um vier Uhr am Nachmittag kommen sie in den *Schneekönig* zurück. Raus aus der Skikleidung, im Haus ist es schön warm. Beim Abendessen sind auch alle wieder gut drauf.

„Wie war der Tag?" Nadja sitzt an einem Tisch mit Pia und vier anderen.

„Na, wie wohl? Gut! Snowboarden macht schon Spaß!", sagt Pia.

„Sogar sehr! Und Pia lernt ganz schnell, sie macht das super!", ruft Paul.

„Stimmt doch nicht", lacht Pia. „Ich liege immer im Schnee. Und wie ist das Wandern?", fragt sie Nadja.

- Wandern und fotografieren ist toll. Wir lernen richtig gut fotografieren. Sieh mal, die Fotos.
○ Oh ja, das ist ja schön. Und das da. Und das auch.
- Und hier, wie gefällt dir das?
○ Super. Du kannst das richtig gut.
- Du, Pia, kann ich mal zu Hause anrufen, bitte?
○ Ja, ja, mach das.

„Um 10:00 Uhr sind alle in ihren Zimmern und morgen ist um halb neun Frühstück. Gute Nacht."
Frau Müller geht in ihr Zimmer.

Um 11:00 Uhr laufen immer noch alle durch das Haus. Niemand schläft, nur Frau Müller. Am nächsten Morgen sind natürlich alle müde.

Das Wetter bleibt gut, Skifahren und Snowboarden machen immer mehr Spaß. Beim Abendessen kommt der Wirt[29] vom *Schneekönig*. Er hat eine Idee:

---

29 der Wirt: er hat ein Restaurant oder ein Hotel

- Wir gehen hinauf zur Sonnalm. Dort ist eine Skihütte[30]. Da gibt es Tee und dann fahren wir mit dem Schlitten zurück.
- Wie lange müssen wir gehen?
- Nicht weit. Wir fahren mit dem Skilift[31].
- Und die Schlitten?
- Ich habe genug, immer ein Schlitten für zwei. Wir gehen in einer halben Stunde zum Skilift. Und noch was: Hier ist Post für Nadja Schmidt.

Fast alle wollen Schlitten fahren, Frau Müller kommt auch mit.

17

Nach dem Schlittenfahren sind alle müde. Morgen ist schon der letzte Tag.

---

30 die Skihütte: ein kleines Restaurant auf dem Berg

31 der Skilift:

9

Donnerstagabend

Donnerstagabend, der letzte Abend auf der Klassenfahrt. Die Klasse macht eine Party. *Bad Taste* ist das Thema.

18

Paul ist der DJ, er möchte die Musik für die Party machen. Aber sein Player geht nicht, keine Musik, nichts. Er probiert und probiert. Aber der Player geht nicht. Er holt Anton, aber auch Anton kann nicht helfen. Dann hat Anton eine Idee:

● Wir können Kolja fragen. Er hat einen super Player!
○ Nein, Kolja frag' ich nicht!
● He, bist du verrückt? Wir machen eine Party und brauchen Musik.
○ Frag du ihn doch!
● Mensch, du bist doch der DJ. Also frag ihn selbst. Ich mach' das nicht!

Also geht Paul zu Kolja – und Kolja hilft. Sein Player geht!
„Manchmal ist Kolja doch nicht so doof", denkt Paul. „Aber das mit dem Fußballspiel … Das vergesse ich besser."
Paul läuft durch das Haus.
„Wer hat gute Musik dabei? Mein Player geht nicht. Wer hat guten Sound dabei? Bitte!"

Alle geben Paul Musik vom Handy. Und er mixt das Programm für die Party. Sein Party-Sound ist ziemlich cool.

Bad Taste! Aber wirklich.

19

Aber wo ist Paul? Er kommt aus seinem
Zimmer.
Nein, ist das wirklich Paul?

„Paul, Hammer! Du siehst mega aus! Wie ein richtiger DJ!" Aber dann hört man nichts mehr. Paul macht Party-Sound.

Es wird ziemlich spät.
Frau Müller sieht oft auf die Uhr. Aber es ist gute Stimmung. Endlich, das ist wieder ihre Klasse, wenigstens einen Abend lang.

Sie nimmt das Mikrofon von Paul, er stellt die Musik leise. „Ich habe eine gute Nachricht. Frühstück ist morgen erst um 10:00 Uhr, Abfahrt um 11:30 Uhr. Dann können wir länger schlafen. Und seht mal aus dem Fenster. Gute Nacht!"

Es schneit, schneit, schneit. Wunderschön!

10

Die Gewinner sind …

Es schneit die ganze Nacht. Am Morgen schneit es auch noch.
Es liegt Schnee, sehr viel Schnee.

21

Beim Frühstück sind alle
noch müde. Der Abend,
naja, die Nacht gestern
war toll, die Party war einfach cool!

„Hej Leute, wer hatte gestern eigentlich das beste Outfit?", fragt
Nadja. „Was denkt ihr?"
Alle reden durcheinander.
„Was bekommt denn der Gewinner?", will Anton wissen.
„Der Gewinner und die Gewinnerin? Hm, also die beiden be-
kommen eine Riesenschokolade", sagt Frau Müller. „Aber ihr
müsst wählen."

Es ist laut, alle reden auf einmal.
Ein Schüler ruft „Paul!", ein anderer „Kolja!" Eine Schülerin ruft
laut: „Anton!"
„He, ich muss was sagen!" Paul spricht laut. „Ohne Kolja keine
Party! Mein Player war kaputt, aber ich hatte Koljas Player. Vielen
Dank noch mal, Kolja."
„Kolja!", ruft ein Schüler. Und dann rufen immer mehr „Kolja,
Kolja!".

Der Gewinner ist also klar. Und die Gewinnerin?

„Anna war super!"

„Und Frau Müller!" Alle lachen.

„Nadja mit Robbies T-Shirt!"

Wieder lachen alle, sogar Nadja selbst.

„Pia mit dem Hund. Das war gut!"

„Pia, Pia!"

„Moment, ich möchte auch etwas sagen!", ruft Pia laut.

„Wer hatte gestern Klamotten von Nadja an? Bitte die Hand hoch."

Pia zählt laut:

„Eins, zwei, drei … dreizehn, vierzehn, fünfzehn! Okay, fünfzehn Leute hatten etwas von Nadja an. Wow, danke, Nadja. Fast alle hatten Klamotten von dir."

Eine Stimme von hinten ruft: „Ja, ohne Nadjas Koffer – keine Chance. Nadja ist die Gewinnerin."

„Stimmt!"

„Genau!"

„So ist es!"

„Nadja, Nadja!", rufen jetzt alle.

„Nadja und Kolja! Ihr bekommt die Schokolade", sagt Frau Müller. „So! Und jetzt müsst ihr packen. Seid bitte um 11:30 Uhr alle hier, mit Gepäck."

11

Abfahrt! Abfahrt?

„Einen Moment noch. Wartet noch."
Der Wirt vom *Schneekönig* kommt ins Frühstückszimmer. „Bleibt
noch da!"
Er spricht ganz leise mit Frau Müller.
„Oje, Leute. Der Wirt muss euch etwas sagen."

- Der Bus kann nicht zum Haus fahren. Es liegt zu viel Schnee.
- ○ Kommen wir heute nicht nach Hause?
- Müssen wir hierbleiben?
- Nein, nein. Aber wir müssen zuerst durch den Schnee zum
  Bus auf der Hauptstraße.
- ○ Wie?
- Das geht doch nicht!
- □ Ich hab Angst!

„Brrrmm, Brrrmm."
Orange Lichter blinken vor dem Fenster. Ein Motor brummt laut.
Alle laufen zum Fenster und sehen hinaus.

- Wir bekommen eine Skipiste. Nur für uns. Die Skifahrer und Snowboarder können zur Hauptstraße fahren. Ich fahre mit euch.
○ Und die anderen?
- Die müssen hierbleiben.
○ Was? Wie?

Alle reden laut durcheinander. Der Wirt lacht:

- Nein, nein. Niemand muss hierbleiben. Die anderen fahren mit dem Pistenbully.
○ Jähh! Wow!
▢ Das ist es!
○ Und das Gepäck?
- Das nimmt auch der Bully mit.

Alle kommen sicher zum Bus, die Snowboarder, die Skifahrer und die Mitfahrer und dann geht's wieder nach Hause.

Im Bus sagt Frau Müller:
„Schreibt eine SMS an eure Eltern. Alles ist okay. Aber wir kommen später an."

Hallo Papa, super Woche. Wir kommen später an. Ich habe einen neuen Traumjob. Cool! Anton

KAPITEL 1

1 Wer sagt oder macht das? Ergänze: *Frau Müller, Pia* oder *Paul*.

1. __Frau Müller__ schreibt ins Klassenforum. Sie organisiert eine Klassenfahrt.

2. _____ lernt zu Hause für die Mathe-Prüfung.

3. _____ schreibt eine SMS und hat Probleme in Mathe.

4. _____ schreibt ins Klassenforum und möchte nach Wien fahren.

5. _____ ist nicht glücklich und hat Angst vor der Mathe-Prüfung.

6. _____ muss die Klassenfahrt bald planen.

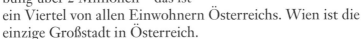

Wien

Wien ist die Hauptstadt von Österreich und auch ein Bundesland. In Wien leben 1,7 Millionen Einwohner, in Wien und Umgebung über 2 Millionen – das ist ein Viertel von allen Einwohnern Österreichs. Wien ist die einzige Großstadt in Österreich.

Wien hat viele Sehenswürdigkeiten, zum Beispiel das Schloss Schönbrunn, die Hofburg und die Ringstraße, und es gibt viel Kultur, zum Beispiel im Burgtheater, in der Staatsoper und in den Museen.

ÜBUNGEN

KAPITEL 2

2 Sam ruft Kolja an. Ergänze den Dialog. Kontrolliere dann mit der CD.

> brauchen • Fernsehen • geht • ~~Hause~~ • Leute • mein • nicht •
> schnell • Spiel • spricht • telefonieren • Wer

● Kolja.

○ Hi, hier ist Sam. Wo bist du?

● Äh, ähm, zu _Hause_ (1). Warum?

○ Du weißt doch, wir haben heute ein _____ (2).

● Äh, ähm, ja, aber … es geht mir nicht gut. Ich kann nicht,
es _____ (3) nicht.

○ Wir brauchen dich. Komm _____ (4). Das Spiel
fängt gleich an und wir haben nicht genug Spieler.

● Das geht nicht. Ich sage doch, es geht mir _____ (5)
gut.

○ Aber wir _____ (6) dich. Wo bist du eigentlich?

● Ich sage doch, ich bin zu Hause.

○ Aber ich höre _____ (7) und da fahren Autos.

● Äh, ähm, nein … Das ist im _____ (8).

■ Komm jetzt, Kolja, wir spielen doch. Du kannst später
_____ (9).

○ Und was war das? _____ (10) ruft da?

● Das ist Denis, _____ (11) Bruder.

○ Aha, ich verstehe. Und Denis _____ (12) wie ein
Mädchen. Tschüss!

40

3 Welche Uhrzeiten sind gleich? Verbinde. Wie heißt das Lösungswort?

halb sechs

fünf nach halb sieben

Viertel vor drei

zehn nach neun

Viertel nach zehn

zwei vor neun

zehn vor zehn

fünf vor halb zwölf

U 14:45

L 17:30

E 10:10

S 12:20

S 9:50

L 20:58

V 22:45

S 22:15

O 6:30

B 18:35

D 15:15

F 11:25

H 11:35

A 21:10

Lösungswort: __ __ __ __ __ __ __ _L_ (ß = SS)

4 **Welcher Satz ist falsch? Kreuze an.**

☐ 1. Der SV Rasentreter verliert. Paul ist sehr sauer.
☐ 2. Kolja spielt lieber Volleyball, er geht nicht zum Fußballspiel.
☐ 3. Kolja hat keine Zeit für Fußball, er muss viel lernen.
☐ 4. Sam telefoniert mit Kolja. Kolja sagt, es geht ihm nicht gut.

5 Verbinde die Zahlen. Was siehst du?

dreiundzwanzig → achtundachtzig → einundneunzig → zwei-
hundertzwei → vierundfünfzig → dreiundneunzig → zweiundzwanzig → neunundvierzig → siebzehn → einundsechzig
→ dreiunddreißig → sechsundfünfzig → achtundsiebzig →
vierundachtzig → hundertneunundzwanzig → vierzehn →
dreiundzwanzig → zweiundzwanzig

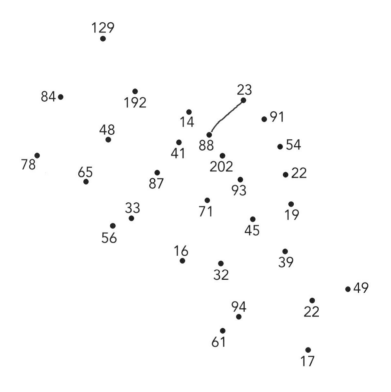

KAPITEL 3

6 Was weißt du über Kolja, Robbie und das Konzert? Kreuze an: richtig oder falsch?

		richtig	falsch
1.	Kolja zeigt Robbie das Plakat für das Konzert.	☒	☐
2.	Paul will nicht zum Konzert mitkommen, deshalb fragt Kolja Robbie.	☐	☐
3.	Robbie kennt den Sänger und die Band *Neun Meilen* schon.	☐	☐
4.	Kolja gibt Robbie ein paar Songs von *Neun Meilen*.	☐	☐
5.	Nadja möchte auch zum Konzert kommen, aber Robbie geht lieber allein.	☐	☐
6.	Robbie findet die Musik und die Texte super.	☐	☐
7.	Kolja und Robbie sehen sich jeden Tag in der Schule.	☐	☐
8.	Kolja spielt jetzt auch in der Band *Wild Guitars*.	☐	☐
9.	Robbie will nicht mehr mit seiner Band *Wild Guitars* spielen.	☐	☐

ÜBUNGEN

7 Kolja möchte Robbie anrufen. Hör zu. Was ist richtig? Kreuze an: A oder B.

7

> Kolja ruft Robbie an, aber die Nummer ist falsch. Er fragt Nadja. Sie gibt ihm die neue Nummer von Robbie. Kolja spricht mit Nadja über Musik. Ihr gefällt Reggae gut. **A**

> Kolja möchte Robbie anrufen, aber es geht nicht. Er fragt Nadja. Sie sagt, Robbie ist ein bisschen komisch. Er hört und spielt nur noch Reggae. Und er hat kein Handy mehr. **B**

KAPITEL 4

8 Kleidung: Was trägt Nadja? Ergänze die Wörter mit Artikel.

FEL • HE • HUT •ID • KLE • ~~NG~~ • ~~OHR~~ • ~~RI~~ •
RT • SCHU • SHI • STIE • T-

1. _____

2. *der Ohrring* _____

3. _____

4. _____

5. _____

6. _____

9 **Der Streit. Ordne den Dialog und kontrolliere mit der CD.
Wie heißt das Lösungswort?**

___ H ● Aber für dich sind doch nur Klamotten wichtig. Du bist eine Tussi.

_5_ A ● Ach, Klamotten sind doch nicht wichtig.

___ T ○ Doch, Robbie. Ich will schön aussehen. Und du doch auch.

___ P ○ Du siehst auch bald so aus wie dieser Marley. Warum ziehst du dich so komisch an?

___ M ● Reggae ist so gut. Ich will diese Musik verstehen. Und spielen.

___ Y ○ Robbie, das ist nichts für mich. Dieser Marley ist doch komisch. Und du hörst auch immer nur diese Musik.

___ C ○ Robbie, sei nicht so doof. Bitte!!

___ H ● Schöne Klamotten, modisch aussehen. Das ist doch blöd. Das ist nicht wichtig.

_1_ S ● Und, wie gefällt dir der Film?

___ S ● Und warum bist du eine Modetussi?

___ I ○ Warum bist du so komisch?

Lösungswort: Nadja findet Bob Marley nicht _S_ _ _ _ _A_ _ _ _ _ _ _

10 **Was passt zusammen? Ordne zu.**

1. Robbie hat nur noch wenig Zeit für Nadja, _D_
2. Robbie und Nadja wollen ins Kino gehen, ___
3. Nadja gefällt die Kleidung von Robbie nicht, ___
4. Nach dem Film ist Nadja traurig ___
5. Nadja liebt Robbie und ___

A deshalb zieht er ein anderes T-Shirt an.

B auch Robbie mag sie gern. Aber er ist so anders.

C und sie schreibt in ihr Tagebuch.

D er hört immer Reggae und übt sehr viel.

E und vorher kocht Robbie Lasagne für Nadja.

KAPITEL 5

11 Ergänze die Wörter. Wie heißt das Lösungswort?

1. Nadja möchte mit Pia reden.
   Pia will Nadja im Park …   T R E F F E N
2. Die beiden gehen mit Plato …   _ _ _ _ _ _ _ _ _
3. Nadja hatte sehr oft keine … für Pia. _ _ _ _
4. Nadja hat Probleme mit Robbie,
   aber sie will nicht … machen.   _ _ _ _ _ _ _
5. Nadja ist traurig, aber sie mag Robbie
   immer noch …   _ _ _ _
6. Robbie hat kein … mehr.   _ _ _ _ _
7. Nadja ruft Pia an und … ihr viele SMS. _ _ _ _ _ _ _ _
8. Aber Pia ist müde und geht früh …   _ _ _ _ _ _ _ _

Lösungswort: _F_ _ _ _ _ _ _ _

12 Was sagen Pia und Nadja? Ordne den Dialog. Kontrolliere mit der CD.

1. Warum antwortest du nicht auf meine SMS? Warum rufst du nicht an? _D_
2. Ich war doch so traurig und du antwortest nicht. Bist du eigentlich meine Freundin? __
3. Aber ich habe doch Probleme! __
4. Das stimmt doch nicht. Das ist nicht wahr. __

A Was? Ich habe immer Zeit für dich. Und du nie für mich.

B Und dann rufst du hundert Mal an und schickst tausend SMS. Aber du hast nie Zeit für mich.

C Doch, doch. Es ist so. Leider.

D Ich war im Bad, ich war müde. Es war schon spät.

KAPITEL 6

13 Was ist richtig? Kreuze an: A oder B.

1. ☐A Viele Schüler schreiben ins Klassenforum.
   ☒ Pia schreibt ins Klassenforum und Paul antwortet.

2. ☐A Frau Müller sagt, die Schüler müssen heute wählen.
   ☐B Frau Müller sagt, die Schüler müssen ins Forum schreiben.

3. ☐A Je sechs Schüler wollen nach Wien und in die Alpen fahren.
   ☐B Die Schüler wollen zwei Klassenfahrten machen.

4. ☐A Frau Müller sagt, die Schüler können in der nächsten Stunde entscheiden.
   ☐B Die Schüler wollen noch einmal über die Klassenfahrt diskutieren.

Die Alpen

Die Alpen sind ein großes Gebirge in Mitteleuropa: in Italien, Frankreich, Österreich, der Schweiz und im Süden von Deutschland. Der höchste Berg ist der Mont Blanc zwischen Italien und Frankreich (4810 m hoch).
In den Alpen gibt es viel Tourismus, besonders im Winter, in allen Ländern über 100 Millionen Gäste im Jahr. Es gibt über 550 Orte mit vielen Möglichkeiten zum Ski- oder Snowboard-fahren.

14

14 Ergänze den Dialog. Kontrolliere mit der CD.

● He, Pia, was ist los?

○ Was ist l ø s (1)? Wir fahren nicht n _ _ _ (2) Wien. Das ist los, Paul.

● Aber Ski fa _ _ _ _ (3) und snowboarden …

○ Winter und Berge, das i _ _ (4) doch blöd. Und du wi _ _ _ _ (5) nur snowboarden. Ich k _ _ _ (6) nicht snow- boarden, ich kann n _ _ _ _ (7) Ski fahren. Ich wi _ _ (8) nach Wien.

● Aber Pia, du kannst snowboarden le _ _ _ _ (9). Das geht ganz schnell. Wirklich, du ka _ _ _ _ (10) das sicher. Und ich he _ _ _ (11) dir.

○ Ja, das sagst du so. A _ _ _ (12) vielleicht macht es ja Spaß. Vie _ _ _ _ _ _ _ (13) …

KAPITEL 7

15 Was passiert? Ordne die Sätze.

___ Ein Skilehrer spricht mit den Schülern über das Programm.

___ Frau Müller bringt das Programm in die Klasse mit. Die Schüler können Ski fahren, snowboarden oder wandern und fotografieren.

___ Am Montagvormittag fahren sie mit dem Bus los.

___ Nadjas Handy geht nicht, sie kann nicht telefonieren oder SMS schreiben. Aber sie darf Pias Handy nehmen.

___ Neben dem Ferienheim Schneekönig gibt es nur wenig Schnee, aber oben auf den Bergen ist viel Schnee.

_1_ Vor der Klassenfahrt gibt es oft Streit in der Klasse.

___ Wer ist mit wem in einem Zimmer? Die Schüler diskutieren lange.

KAPITEL 8

16 In den Alpen. Finde zehn Wörter und schreib sie.

ALEIKESNOWBOARDFAHRENQUEKOLFOTOGRAFIERENBLATIK
WANDERNGELOKENSCHNEEFÜSTBEKENSONNEBRELEN
SKILEHRERINFROSANTEABENDESSENKRIGOSTASKIFAHRENKI
BEFANTSCHLITTENFAHRENGILOBISSKILIFTJKLÖ

Snowboard fahren, _____

_____

_____

17 Welche SMS von Kolja passt zum Gespräch? Kreuze an: A oder B.

Schlitten fahren war cool, wir waren sehr schnell. Nadja hatte keine Angst. Sie erzählt nur von ihren Fotos. Gähn ;-)]

A

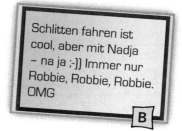

Schlitten fahren ist cool, aber mit Nadja – na ja ;-)] Immer nur Robbie, Robbie, Robbie. OMG

B

KAPITEL 9

18 Wer hat was von wem? Hör zu und verbinde.

1. Kolja hat   die Skischuhe   von Paul.
2. Pia hat   das T-Shirt   von Nadja.
3. Anton hat   die Jacke   von Paul.
4. Pia hat   den Hund   von Kolja.

19 Der letzte Abend. Markiere die Fehler und korrigiere die Sätze.

1. *Bad Taste* ist das Thema für die Schule.   *für die Party*

2. Bei der Party macht Anton die Musik.   _____

3. Die Schüler geben Paul ihre Schuhe.   _____

4. Paul sieht als DJ langweilig aus.   _____

5. Am Freitag ist um 10:00 Uhr Abfahrt.   _____

KAPITEL 10

20 Such zwölf Wörter aus dem Kapitel und markiere sie.

K	O	K	O	F	F	E	R	L	S	A	C	L
A	G	F	R	Ü	H	S	T	Ü	C	K	G	A
B	E	P	R	E	X	I	L	A	H	N	A	C
E	W	Ä	H	L	E	N	W	E	N	T	H	H
N	I	K	K	B	P	A	C	K	E	N	U	E
D	N	Y	L	R	L	F	J	U	E	V	N	N
B	N	C	S	C	H	O	K	O	L	A	D	E
B	E	K	O	M	M	E	N	Z	I	M	U	S
L	R	E	B	I	T	A	G	E	P	Ä	C	K

KAPITEL 1

1   2. Pia, 3. Paul, 4. Pia, 5. Paul, 6. Frau Müller

KAPITEL 2

2   2. Spiel, 3. geht, 4. schnell, 5. nicht, 6. brauchen, 7. Leute, 8. Fernsehen, 9. telefonieren, 10. Wer, 11. mein, 12. spricht

3   halb sechs – 17:30, fünf nach halb sieben – 18:35, Viertel vor drei – 14:45, zehn nach neun – 21:10, Viertel nach zehn – 22:15, zehn vor zehn – 9:50, fünf vor halb zwölf – 11:25
Lösungswort: FUSSBALL

4   Falsch: 3

5

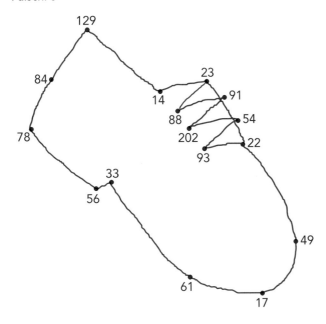

KAPITEL 3

6   2f, 3f, 4r, 5f, 6r, 7f, 8f, 9r
7   Richtig: B

KAPITEL 4

8   1. der Hut, 2. der Ohrring, 3. das T-Shirt, 4. der Stiefel, 5. das Kleid, 6. die Schuhe

LÖSUNGEN

9　11　● Aber für dich sind doch nur Klamotten wichtig. Du bist eine Tussi.
　　5　● Ach, Klamotten sind doch nicht wichtig.
　　6　○ Doch, Robbie. Ich will schön aussehen. Und du doch auch.
　　4　○ Du siehst auch bald so aus wie dieser Marley. Warum ziehst du dich
　　　　　so komisch an?
　　3　● Reggae ist so gut. Ich will diese Musik verstehen. Und spielen.
　　2　○ Robbie, das ist nichts für mich. Dieser Marley ist doch komisch.
　　　　　Und du hörst auch immer nur diese Musik.
　10　○ Robbie, sei nicht so doof. Bitte!!
　　7　● Schöne Klamotten, modisch aussehen. Das ist doch blöd. Das ist
　　　　　nicht wichtig.
　　1　● Und, wie gefällt dir der Film?
　　9　● Und warum bist du eine Modetussi?
　　8　○ Warum bist du so komisch?
　　　Lösungswort: SYMPATHISCH
10　2E, 3A, 4C, 5B

KAPITEL 5

11　2. spazieren, 3. Zeit, 4. Schluss, 5. gern, 6. Handy, 7. schreibt, 8. schlafen
　　Lösungswort: FREUNDIN
12　2A, 3B, 4C

KAPITEL 6

13　2A, 3A, 4B
14　2. nach, 3. fahren, 4. ist, 5. willst, 6. kann, 7. nicht, 8. will, 9. lernen,
　　10. kannst, 11. helfe, 12. Aber, 13. Vielleicht

KAPITEL 7

15　7 Ein Skilehrer spricht mit den Schülern über das Programm.
　　2 Frau Müller bringt das Programm in die Klasse mit. Die Schüler können
　　　Ski fahren, snowboarden oder wandern und fotografieren.
　　3 Am Montagvormittag fahren sie mit dem Bus los.
　　6 Nadjas Handy geht nicht, sie kann nicht telefonieren oder SMS schreiben.
　　　Aber sie darf Pias Handy nehmen.
　　5 Neben dem Ferienheim Schneekönig gibt es nur wenig Schnee, aber
　　　oben auf den Bergen ist viel Schnee.
　　1 Vor der Klassenfahrt gibt es oft Streit in der Klasse.
　　4 Wer ist mit wem in einem Zimmer? Die Schüler diskutieren lange.

KAPITEL 8

16 fotografieren, wandern, Schnee, Sonne, Skilehrerin, Abendessen, Ski fahren, Schlitten fahren, Skilift
17 Richtig: B

KAPITEL 9

18 2. Pia hat den Hund von Paul.
   3. Anton hat die Skischuhe von Kolja.
   4. Pia hat das T-Shirt von Nadja.
19 2. Bei der Party macht <u>Paul</u> die Musik.
   3. Die Schüler geben Paul ihre <u>Musik</u>.
   4. Paul sieht als DJ <u>mega</u> aus.
   5. Am Freitag ist um <u>11:30</u> Uhr Abfahrt.

KAPITEL 10

20

K	O	K	O	F	F	E	R	L	S	A	C	L
A	G	F	R	Ü	H	S	T	Ü	C	K	G	A
B	E	P	R	E	X	I	L	A	H	N	A	C
E	W	Ä	H	L	E	N	W	E	N	T	H	H
N	I	K	K	B	P	A	C	K	E	N	U	E
D	N	Y	L	R	L	F	J	U	E	V	N	N
B	N	C	S	C	H	O	K	O	L	A	D	E
B	E	K	O	M	M	E	N	Z	I	M	U	S
L	R	E	B	I	T	A	G	E	P	Ä	C	K

TRANSKRIPTE

4

● Das geht nicht. Ich sage doch, es geht mir nicht gut.
○ Aber wir brauchen dich. Wo bist du eigentlich?
● Ich sage doch, ich bin zu Hause.
○ Aber ich höre Leute und da fahren Autos.
● Äh, ähm, nein … Das ist im Fernsehen.
■ Komm jetzt, Kolja, wir spielen doch. Du kannst später telefonieren.
○ Und was war das? Wer ruft da?
● Das ist Denis, mein Bruder.
○ Aha, ich verstehe. Und Denis spricht wie ein Mädchen. Tschüss!

7

● Die Nummer ist nicht erreichbar. The number you have dialled is not available. Die Nummer ist nicht …
○ Was ist denn da los? Das ist doch Robbies Nummer. Ich probier' es noch einmal …
● Die Nummer ist nicht erreichbar. The number you have dialled …
○ Vielleicht hat er eine neue Nummer. Ich frage mal Nadja.
■ Hi Kolja.
○ Du, Nadja, ich möchte Robbie anrufen, aber es geht nicht. Hat er eine neue Nummer?
■ Ne, nee. Robbie hat kein Handy mehr. Er sagt, er braucht das nicht.
○ Wie? Kein Handy?
■ Ja, Robbie ist ein bisschen komisch. Er hört nur noch Reggae. Immer nur Reggae. So ein Mist.
○ Moment mal. Das ist doch gute Musik!
■ Findest du das gut? Nee! Das ist doch blöd. Verstehst du das?

9

● Und, wie gefällt dir der Film?
○ Robbie, das ist nichts für mich. Dieser Marley ist doch komisch. Und du hörst auch immer nur diese Musik.
● Reggae ist so gut. Ich will diese Musik verstehen. Und spielen.
○ Du siehst auch bald so aus wie dieser Marley. Warum ziehst du dich so komisch an?
● Ach, Klamotten sind doch nicht wichtig.
○ Doch, Robbie. Ich will schön aussehen. Und du doch auch.
● Schöne Klamotten, modisch aussehen. Das ist doch blöd. Das ist nicht wichtig.
○ Warum bist du so komisch?
● Und warum bist du eine Modetussi?
○ Robbie, sei nicht so doof. Bitte!!
● Aber für dich sind doch nur Klamotten wichtig. Du bist eine Tussi.

12

● Warum antwortest du nicht auf meine SMS? Warum rufst du nicht an?
○ Ich war im Bad, ich war müde. Es war schon spät.
● Ich war doch so traurig und du antwortest nicht. Bist du eigentlich meine Freundin?
○ Was? Ich habe immer Zeit für dich. Und du nie für mich.
● Aber ich habe doch Probleme …
○ … und dann rufst du hundert Mal an und schickst tausend SMS. Aber du hast nie Zeit für mich.
● Das stimmt doch nicht. Das ist nicht wahr.
○ Doch, doch. Es ist so. Leider.

14

● He, Pia, was ist los?
○ Was ist los? Wir fahren nicht nach Wien. Das ist los, Paul.
● Aber Ski fahren und snowboarden …
○ Winter und Berge, das ist doch blöd. Und du willst nur snowboarden. Ich kann nicht snowboarden, ich kann nicht Ski fahren. Ich will nach Wien.
● Aber Pia, du kannst snowboarden lernen. Das geht ganz schnell. Wirklich, du kannst das sicher. Und ich helfe dir.
○ Ja, das sagst du so. Aber vielleicht macht es ja Spaß. Vielleicht …

17

● Schlittenfahren ist cool! Aber fahr nicht zu schnell, Kolja.
○ Nein, nein. Hej, das macht ja richtig Spaß. Dir auch, Nadja?
● Schon, aber es ist kalt. Weißt du was? Robbie hat mir geschrieben.
○ Ah ja, stimmt, da war ja ein Brief für dich.
● Ja, und er schreibt, er mag mich sehr gern, und weißt du, er ist ja so lieb und seine Musik ist so wichtig für ihn.
○ Mhm. Wer macht denn morgen Musik für die Party?
● Robbie kann das soooo gut. Da ist die Stimmung immer super.
○ Aber Robbie ist ja nicht da.
● Übermorgen holt er mich ab. Das ist sooo schön.

19

1

● Paul, kann ich für die Party deine Snowboard-Jacke haben, die sieht so cool aus.
○ Ja, kannst du haben, Kolja. Ich brauch' sie nicht. Brauchst du noch was?
● Nein danke, nur die Jacke.

2
○ Alles klar bei dir, Pia?
■ Ja, schon. Und geht die Musik?
○ Ja, Koljas Player geht.
■ Prima. Du, Paul, noch was, kann ich deinen Hund haben?
○ Wie bitte? Aber warum nicht? Nimm ihn einfach.
■ Super, danke.

3
☐ Du, Kolja, brauchst du deine Schuhe?
● Welche Schuhe?
☐ Die Skischuhe. Für die Party.
● Ach so, ne, kannst du haben, Anton. Kein Problem.

4
■ Nadja, kannst du mir helfen?
▲ Was ist denn, Pia?
■ Ich brauche ein T-Shirt, am besten ganz, ganz grün. Hast du was?
▲ Ich glaub' schon. Das da?
■ Au ja, das ist super, danke.